AF422067

मेरी भावना

काव्य संग्रह (द्वितीय पुष्प)

डॉ. आर.के. तिवारी 'मतज्ञ'

PG PUBLICATION

दिल्ली-110089, (भारत)

संस्करण : 2020
ISBN : 9789389984279

प्रखर गूँज पब्लिकेशन
एच-3/2, सेक्टर-18, रोहिणी, दिल्ली-110089
दूरभाष : 7982710571, 7838505899, 011-27851059

प्रथम संस्करण : 2020

© सम्बंधित रचनाकार के अधीन

आवरण : दुर्गाप्रसाद

'मेरी भावना' काव्य संग्रह (द्वितीय पुष्प)
By : **Dr. R.K. Tiwari 'Matang'**

Published by
PRAKHAR GOONJ PUBLICATION
Delhi - 110089
E-mail : prakhargoonj@gmail.com
    sinha.neelu123@gmail.com
    011-27851059, 7982710571, 7838505899

इस पुस्तक के किसी भी हिस्से को प्रकाशक अथवा लेखक की पूर्व अनुमति के बिना इलेक्ट्रॉनिक अथवा किसी अन्य माध्यम द्वारा पुनः प्राप्ति समेत किसी भी रूप में प्रतिलिपिकृत, अनुवादित अथवा संगृहीत नहीं किया जा सकता है और न ही किसी भी रूप में अथवा किसी भी माध्यम से इसे प्रसारित किया जा सकता है। ऐसा किए जाने पर सम्बंधित के विरुद्ध कानूनी कार्यवाही की जा सकती है।

समर्पण..

माता

स्व. श्रीमती कलावती देवी एवं

पिता

स्व. श्री दीनानाथ तिवारी जी के
चरणों में सादर समर्पित।

दो शब्द...

सामाजिक बुराइयों विशेषतया येन केन प्रकारेण मानव उत्पीड़न की बातें रोजमर्रा की जिंदगी में सुनते-सुनते मन इसके विरोध में कुछ कहने और लिखने को प्रेरित हुआ।

आज के भारतीय समाज में प्रायः देखा जाता है कि सत्य कहना, सुनना और उसका अनुसरण करना लोग बिल्कुल पसंद नहीं करते। प्रायः सत्य कहने वाले और अन्याय का विरोध करने वाले ही दंडित होते पाए जाते हैं। इन्हीं परिस्थितियों को ध्यान में रखते हुए अपनी भावनाओं को कविता के माध्यम से लोगों तक पहुँचाने का संकल्प लिया।

नीलू सिन्हा

शुभकामनाएँ

हमें खुशी है कि डॉ. आर. के तिवारी 'मतज्ञ' जी का काव्य संग्रह 'मेरी भावना' (द्वितीय पुष्प) को 'प्रखर गूँज प्रकाशन' प्रकाशित कर रहा है। डॉ. आर. के तिवारी 'मतज्ञ' जी की कविताओं की गहराई पढ़ते-पढ़ते ही पाठकों के हृदय में उतर जाती है। पाठक अनायास ही कविताओं में स्वयं को ढूंढने लगता है और यही खासियत होती है एक कुशल लेखक की जो अपने भावों को शब्दों के पुल के जरिये सीधे पढ़ने वालों की रूह को स्पंदित कर जाती है।

मेरी शुभकामनाएँ हैं कि डॉ. आर. के. तिवारी 'मतज्ञ' जी अपनी लेखनी से नित नए आयाम स्थापित करें और साहित्य के क्षेत्र में अपनी विशिष्ट पहचान बनाएं।

नीलू सिन्हा
संस्थापक एवं प्रमुख संपादक
'प्रखर गूँज प्रकाशन' एवं
'प्रखरगूंज साहित्यनामा मासिक पत्रिका'
सदस्य 'स्क्रीन राइटिंग एसोसिएशन'

क्रम तालिका

तुमने धोखा दिया

खुद गले से लगा
काट लेती गला
यूँ सिसकता नहीं
जब भी
रातों की नींदें
मुवस्सर न हों
सोच लेना कि मैं
लुट रहा हूँ कहीं
जब भी दिन के
उजाले अँधेरे लगें
सोच लेना कि मैं
सो रहा हूँ कहीं
तूने मेरी मोहब्बत को
पाते हुए
हाथ भी पकड़े रखा
सदा दूसरा
देखते-देखते शकियाँ
मिल गईं
जाम पे जाम लेने लगा
सिरफिरा
उससे की दिल्लगी
जिसने की बंदगी
हर ठिकाना तेरा
हो गया दूसरा
पत्थरों के भी आँसू

निकलते रहे

पत्थरों पे लिखा

अब नहीं मिट रहा

भूलकर भी न भूला

तुझे आज तक

भूल पाऊं न मैं

भूल अपनी कभी

मिट गई जिंदगी

मिट्टियों में मिली

राख बन उड़ रहा

अब तेरा बावरा

पत्थरों पे भरोसा

वो करते नहीं
जीते जी जो
मोहब्त को जीते नहीं
है पता ही नहीं
उनको शायद प्रिये
पत्थरों के हरफ़
जल्द मिटते नहीं
पत्थरों से मोहब्बत
जिंदादिल ही करें
आंसुओं में उन्हें
वो डुबो के रहें
वे छिछोरे मोहब्बत
के लायक नहीं
जिनमें जिश्मों की
चाहत समाई रहे
रूह से हो मोहब्बत
जिन्हें जिससे भी
बस वही हीर उनकी
हैं रांझे वही
नीर आँखों में
हों मोतियों की तरह
सजदे क़दमों में हों
मान अपना ख़ुदा
जी सकेंगे मोहब्बत को
वो ही सनम
तन-बदन जो समाये
लहू की तरह

सूर, मीरा, चैतन्य

हुए प्रेम में मग्न
गुलामी करती
दिखी हवाएं
निगहबानी में लगीं
फिजायें
आज ले-ले कर
उनका नाम
बनाते अपना
बिगड़ा काम
हुए लालच के
सभी शिकार
छोड़ कर
माँ-बापू घर बार
बदल के वेश
बदलते देश
रिझाने लगे
सकल परिवेश
करे वो धन बल की
ही मार
घूमते नंगे बदन
बज़ार
सजाये हैं
मंचों पे ज्ञान
मनीषी उन्हें लगे
अज्ञान

पुस्तकें बिकती है
फुटपाथ
लगाए जूते को
सर माथ
बदलती दुनियाँ के
रंगरेज़
सजाने लगे
विदेशी सेज
अजब सा चलन है
यहाँ मतङ्ग
शराफत लगती
कटी पतंग

मेरे शागिर्द

मुझे रास्ता दिखाते हैं
मौका मिलते ही
मेरी खिल्लियाँ उड़ाते हैं
राह में खुद ही जो
चलते हुए बिखर जाते
चलती राहों मे भी वो
हम पे तरस खाते हैं
उनको मालूम नहीं है
खुदा का रहमों करम
सीढ़ियाँ चढ़ते हुए
सीढ़ियाँ हटाते हैं
उनको मालूम नहीं
मंजिलें बुलंदी पर
सिकंदरे दौर
कभी ठौर नहीं पाते हैं
मेरी महफिल में
मेरे इल्म पे हँसने वाले
हर एक महफिल में
दरी-चादरें बिछाते हैं

काबिले तारीफ है तेरी

नजरअंदाज करने की अदा
बातें करती हो सदा
पीर और रसूलों की
करता मोहब्बत मैं
तेरे पाँवों के छालों से भी
कहाँ से लाएगी तू
किस्मतें बबूलों की
इक न इक दिन
तेरा मतङ्ग भी फना होगा
मज़ारे इश्क पे
चादर चढ़ाना फूलों की

ऐ खुदा तू मुझे

इतनी सी समझ देना
मेरे इश्क को जो समझे
वो नासमझ देना
समझदार को
इशारा ही काफी होता है
नासमझ को इक सहारा ही
काफी होता है
समझ से जो चलते हैं
गिरगिट सा रंग बदलते हैं
केवल अपने लिए जीते है
खून भी पीते हैं
कृतग्यता के अभिनय में
कृतघ्नता को जीते हैं
आस्तीनों के रिश्ते
कभी जीने नहीं देते
दिल के रिश्ते तो कभी
मरने नहीं देते

ले कर फूल गुलाब का

पप्पू कहते हाय

न जाने किस मोड़ पे

नारायण मिल जाय

कांटन सेज गुलाब की

आँख देखते नाय

चौराहे के छोर पे

लिए फूल अकुलाय

एक के पीछे अनेक हैं

लिए फूल को हाथ

जैसे कोउ दिख जात है

तुरत नवाएं माथ

सब सबकी बहना तकें

दीखत परमु अधीर

जस गोपिन के प्रेम में

द्वापर केर अहीर

अचरज होत मतङ्ग को

होत न मन विश्वास

जासे राखी थे बंधवाए

उसी को दियो गुलाब

हिंदी दिवस है रक्षाबंधन

साल है वैलेंटाइन

हिंदी वाले सारे मजनूँ

इंग्लिश मा हाथ मिलाइन

चलो डार्लिंग होटल चलके

खूब पियेंगे वाइन

राखी वाली बाला से ही

लव के बैंड बंधवाइन

दारू पी के दूनौ प्रेमी

रात भै मौज उड़ाइन

सूरज देख के बगुला भगत जी

बड़का मंच सजाइन

नारी सुरक्षा देश की रक्षा

पै उपदेश सुनाइन

हमें भी बेटियां तो

साज का सामान लगती है
बंद कमरे में हम उनके
वजन को आजमाते हैं
जरा भी उफ़ नहीं बर्दास्त
इस ज़ालिम जमाने को
बदन को नोंच कर
मासूम को ज़िंदा जलाते हैं
सजाये मंच हैं जो
बेटिओं के हित सुरक्षा में
वही हर मंच के पीछे
लिपटते पाए जाते हैं
कहीं तो दोष है उनका भी
जो सत्ता की लालच में
कहीं भी रेंगते बिछते
बिछाते पाए जाते हैं
चला आया है ये उपक्रम
यहाँ सदिओं जमानो से
'रती' के भोग में सब
'काम' डूबे पाए जाते हैं

मैं जो भी करता

सोच समझ
रह जाता उसमें
रोज उलझ
रिश्तों की मुझको
नहीं समझ
पर इस पर नहीं
मुझे अचरज
जो साथ हमारे
लगे रहे
सबके हाथों में
पत्थर थे
मौका पाते
मारा सबने
जीवन भर की
ये उठा पटक
इसीलिए मैं
प्रेमी लोगों से
कतराता ही
रहता हूँ
बातें जो करें
मोहब्बत की
मैं उनसे
नफरत करता हूँ
जो ज्ञानी सज्जन
दिखते हैं

मैं देख उन्हें
छिप जाता हूँ
मैं मैखाने की
शाकी से ही
इश्क लड़ाया
करता हूँ
पैसे मुहँ
माँगे लेती
पर असली
मदिरा देती है
उन चींटियों से
बेहतर है जो
जो खून की प्यासी
होती हैं
है कौन सा दिल
जो धड़के न
है कौन प्रीति में
बरसे न
बस झूठी शान की
खातिर वो
अपनो को देख के
हरषे न
कलम तोड़
लिखते गाने वो
बंद हुए
दरवाजे जब
सुर संगीत संग
सुरा सुंदरी

लेकर झूम के
नाचे तब
पर्दे के बाहर
मंचों पर
निज सतीत्व का
प्रवचन दें
पर्दे के पीछे
जाते ही
लिपटे पूर्ण
समर्पण दे
किसकी बातें
किससे करते
किसको देख के
आहें भरते
लूटे पड़े
मिलीं जब नजरें
खाली पेट पे
भाषण दे
भूखी बेटी
रोज है लुटती
लुटने को
मजबूर है
बेटों की बातें
क्या करना
वो तो बस
'मजदूर' हैं
जिम्मेदारी सारी
उनकी

फिर भी
नफरत ही पाएं
नफरत पाते पाते
दुनियां में नफरत ही
वो फैलाएं
गद्दारों को
तख्तो ताज है
खुद्दारों से
गद्दारी
अपनो के हाथों
भारत माँ
अपने ही घर में
हारी
समझ गया मैं
खोकर सब कुछ
पुतले ही
मशहूर हैं
सपने देखे
जो थे हमने
वो सब
चकनाचूर हैं

मैं अपनी

मर्जी का मालिक
बन बैठा हूँ
अपना खालिक
मैं और मेरा
खुदा
होकर के
सबसे जुदा
मैं अपनी दुनियाँ
जीता हूँ
जी भर के
अमृत पीता हूँ
कुछ लोग मुझे
ललचाते हैं
बातों मे ही
भरमाते हैं
पर मेरी जरूरत पे
वो सब
किसी और के संग
इठलाते हैं
मेरा अनुभव
मेरा साथी
पालो कुत्ते
बन कर हाथी
जो हाथ पकड़ के
चलते हैं
गलबहियां डाल
मचलते हैं

मौका पाते ही
वही मित्र
आस्तीनों में भी
पलते हैं
उनकी आँखों में
प्यार देख
तत्काल भरोसा
कर बैठा
मेरी आँखों
के मोती पर
वो बैठा है
ऐंठा-ऐंठा
उसको शायद
मालूम नहीं
मैं उसे मोहब्बत
करता हूँ
पर शायद उसको
ये शक है
मैं उसके जिस्म पे
मरता हूँ
उसने शायद
निज जीवन में
रिश्ते जिस्मानी
ही देखे
रिश्तों में
कुर्बानी के
अनुभव को करती
अनदेखे

ऐ दिले नादाँ

तुझे क्या हुआ है
तू ही बता दे
तेरा दर्द क्या है
मैं हूँ तेरा नहीं
तू है मेरा नहीं
ये समझ भी
है तुझे
जो दिख रहा
वो है नहीं
किसको मोहब्बत
किससे है
किसके लायक
कौन है
कितनो को तू
किस करे
तेरी किस के
लायक
कौन है
हमदर्द तू
हमराज तू
सहता रहा
हर दर्द तू
तेरी दवा
बस दर्द है
सह ले इसे
तू मर्द है

ज़ब जेब में चिल्लर ही थे

बाजार क्यों गये
तुम हुस्न के बाजार में भी
हार क्यों गये
थे दिल के खेल में मतङ्ग
तुम भी सिकंदर
दिल में जो ऐतबार थे
बेकार क्यों गये
बाजार में बाजारूओ
की भीड़ लगी है
जितने फ़कीर थे सभी
बीमार हो गये
नीले गगन के नीचे थे
शरीफ जो खड़े
नंगे बदन को देख
शर्मसार हो गये
नंगे हुए हैं वो भी
जो नंगे थे कर रहे
कपडे के नीचे नंगे
बेशुमार हो गये
पाई है ताज़ पोशी
उसी ने यहाँ मतङ्ग
जो अपने तन-बदन से
गंगा पार हो गये

आई थी मेरा हाल

जानने के लिए वो
मन में है क्या मलाल
निकालने के लिए वो
मैं दौड़ा जा रहा था अपनी
क़ब्र की तरफ लेकर गुलाब
आई
उसपे डालने को वो
मुझको था इन्जार करना कि
आएगी वो जरूर
मय्यत के इंतजार में रहबर
बनी थी वो
दामन न हुआ नम जो मेरा
आंसुओं से भी उसको लगा
कि
गम कभी हुआ नहीं मुझे
गम भी तो एक खजाना था
उसी के जुल्म का
देकर गुलाब और भी
बढ़ा गई थी वो

जाता नहीं है कोई

जहाँ से दूर चलके
मिलते हैं सब यहाँ पर
कपड़े बदल-बदल के

कपड़ों का चलन ऐसा
नंगे दिखें हमेशा
शोहरत गले लगाएं
हर नीच चाल चल के

झूठ तो कुरआन की हैं
आयते बनी

झूठ से ही लुट रही है
अपनी सरज़मी

कौवे भी गीत गायें
कोयल की नकल करके
पाता नहीं है कोई
किस्मत से आगे बढ़के

फिर भी अड़े हुए हैं
आगे खड़े हुए हैं
पाखंड के मदारी
घुटनों के बल पे चलके

कैसे अजब ये

दिल के रिश्ते
रहें मिलन को
सदा तरसते
झूमें जैसे
आया सावन
रिमझिम रिमझिम
रोज बरसते
लगें अपरिचित
हैं चिरपरिचित
प्रेम अश्रु से
हैं अभिसिंचित
जैसे जन्मों के
बिछड़े हों
इक दूजे को
देख हरषते
सागर बन जाते हैं
नैना
फिर भी बुझती
प्यास नहीं
मुझको देख
पपीहा बोले
पिया मिलन की
आस नहीं
उम्मीदों की
डगर है लम्बी

ज़ब तक टूटे
स्वाँस नहीं
सजल नयन हों
मेरे प्रियतम के
ऐसा मुझको
रास नहीं

खुश दिखाई देता हूँ

बीमार मैं भी हूँ
दुनियाँ को क्या पता कि
अदाकार मैं भी हूँ
परवरदिगार तू है
तो गरीब मैं भी हूँ
सजदे का तेरे यार
तलबगार मैं भी हूँ
निकला था ले गुलाब
अपने यार के लिए
काँटो की सेज देख
खबरदार मैं भी हूँ
चाहूँ जिसे उसे ही
फ़ना कैसे करूँ मतङ्ग
मैं हीर का राँझा हूँ
फनकार मैं भी हूँ

चाहूँ फूल गुलाब का

दूँ तुझको रंगरेज़

घबरा जाता देख कर

काँटों भरी वो सेज

देखा खिले गुलाब को

था काँटों का राजा

पल भर में मुरझा गया

कांटों का रंग ताजा

कलियाँ खिलतीं

रोज नई नित

लेती हैं अंगड़ाई

खिल कर फूल

बनीं जैसे

काँटों ने दौड़ लगाई

होकर लहू लुहान

गुलाबी फूल ने

गुहार लगाई

कभी न देना

सेज कटीली

प्यार को अपने भाई

कौन है

दुनियाँ में मेरा
कौन मेरा
है नहीं
किससे पूँछू
कौन पूँछे
था वो मेरा
या नहीं
संग दिल
तू ही बता
मेरे बिना था
कौन तब
ज़ब तेरी
किश्मत का केवल
मैं ही
बन बैठा था रब
छोड़ कर
तेरी सर जमी
नादान दिल
बेघर हुआ
टूट कर चाहा
था तुझको
टूट कर ही
बिखर गया

काश!

मैं लिख पाता
बन चतुर्थ स्तम्भ
बुलंदी पर छाता
काश!
मैं पढ़ पाता
पलक झपकते राजनीति का
कुशल प्रवक्ता बन जाता
लिखा किसी का
पढता कोई
यही कुशलता की पहचान
झूठ सही कर सत्य निष्ठ हों
सजी है नेता की दुकान

बन बन के सब प्रधान

बेईमान हो गये
माँ भारती के लाल
कत्लेआम हो गये
लुटती सिसकती बेटियां
कुछ बोल न सकें
माँ बाप उनके नंगे
सरेआम हो गये
थामी थी बागडोर
तुमने लाज रखने की
कैसे सरे बाजार तुम
नाकाम हो गये
लालच है कुर्सी की
या लायक नहीं हो तुम
क्या आपके जमीर भी
नीलाम हो गये

पता नहीं क्यों

डर लगता है
उन सपनों से
जो अपने हैं
पता नहीं क्यों
डर लगता है
उन अपनों से
जो सपने हैं
करता रहता था
वही सदा
दिल ने जो भी
करना चाहा
करता रहता वही सदा
जिसने जो भी करना चाहा
वो रिश्ते
अपने हो जाते
जो रिश्ते
सपनों में बनते
वो रिश्ते
सपने हो जाते
जो रिश्ते
अपनों में बनते
सपनों की
क्या बात कहें
अपने ही
सपनों में दिखते

सपने देखे
जिन रिश्तों के
सपनों में भी
न दिखते
मैं न मेरा
हुआ कभी
सबको अपना
करना चाहा
करता
रहता था वही सदा
दिल ने जो भी
करना चाहा
मैं तब था
अब हूँ
कब तक रहूँ
ये क्या मालूम
तुम जो भी हो
मुझको समझो
समझा भी दो
है दिले मासूम

मुझसे रूठ जाने की

हिम्मत कहाँ से आ गई
मरीजे हिज्र आज तुझमें
इतनी जुरत कहाँ से आ गई
दिले बीमार को कमजोर न
समझा करो मतङ्ग
वरना पछताओगे ये सोच कि
दोज़ख कहाँ से आ गई
इंसान के खून से भी
पेट न भरा तेरा
सफ़ेद कपड़ों में इतनी
भूख कहाँ से आ गई
बिस्तर से उठ न पाते थे
अभी कुछ ही दिन पहले
दुनियाँ से उठ जाने की
ताकत कहाँ से आ गई

मैं, मैं हूँ

ले अब देख मुझे
था क्या समझा
अब देख मुझे
मैं अपनी
मंजिल पे पहुंचा
चलते चलते
धीरे धीरे
तू डाल डाल
मैं पात पात
सूखी नदिया
तीरे तीरे
तूने समझा
जीवन को मेरे
मासूम तवायफ
का घुँघरू
तोड़ा लाचार
समझ उसको
जो पाँव बंधे
तेरे घुँघरू
शायद तुझको
मालूम न था
घुँघरू की कीमत
क्या होती
बंध जाते जिसके
पैरों में
उसकी दुनियाँ

दुनियाँ होती
देखा है
दुनियाँ वालों को
नंगा करती
घुंघरू की खनक
महफिल में नृत्य
हो घुँघरू पे
परदे में
माथ चढ़े घुँघरू

दानें नहीं हैं

खाने को
अम्मा चलीं
भुनाने को
लिए चवन्नी
एक हाथ में
निकलीं पिज्जा
लाने को
चार आने का
एक पिज्जा है
साथ में
बर्गर भाई
कोई बता दे
कैसे कैसे
उसने जुगत
लगाई
खुद निकली
संग में
निकला था
मेरा छोटा भाई
रेड लाइट पे
गाड़ी पोंछ के
करने लगी कमाई
कुछ तो पैसे
देते थे
कुछ सहानुभूति

दिखलाते
कुछ तो
पहले पोछवाते थे
बाद में फिर
गरियाते
जूठन उठा
बड़ी थाली से
वे थे घर को
लाते
पूरा घर मिल
बड़े चाव से
पाव से भाजी
खाते
'दाने' नहीं थे
मेरे घर में
मैंने कीमत जानी
'आने' जिनकी
जेब में खनकें
वो करते
मनमानी

मैं लिखता हूँ

कविता निश-दिन
कविता क्या है
मैं न जानूँ
फिर भी
लिखता ही रहता हूँ
किसको पसंद
मैं क्यों जानूँ
लिखते लिखते
मैं भी मतड्ग
इक दिन
कवि भी
बन जाऊँगा
तब अपने अद्भुत
प्यार पे मैं इक
'गीत' बना कर
गाऊंगा
नाचूँगा झूम
मोहब्बत में
जी लूँगा मैं
अपना जीवन
महकेगी मधुर
वाटिका भी
मधु पुष्पों से
मन उपवन
मैं निपट अकेला

जीता हूँ

छिप कर जी भर के

पीता हूँ

क्या पीता हूँ

कब पीता हूँ

ये जाने केवल

मेरा मन

तू भी जी ले

छक कर पी ले

दे पिला मुझे

झूमे तन मन

तू खा ले

या पी ले
अबे वो रंगीले
हैवानियत की हद पे
इंसानियत तो जी ले
जरा सी बची है
जरा और पी ले
शर्मशार मैं हूँ
गुनहगार तू है
शरीफों की महफिल
खरीदार तू है
तू बिकता नहीं
तेरी कीमत नहीं है
'ज़रा' की जरा सी भी
इज्जत नहीं है
मैं था तेरा कल
आज फिर कोई तेरा
क्या रखा यहाँ
क्या है तेरा मेरा
मेरा हो के प्यारे
मोहब्बत को जी ले
ले ले मजे
सुर्खियों में हूँ 'बेवा'
सुर में तू मेरी
सुरा को भी पी ले

मेरे महबूब

मेरे हमदम
मेरे दोस्त
शब्दों का ये जाल
बना है जी का
इक जंजाल
फिर भी न
मुझको हुआ मलाल
जंगली गीदड़ भी
लोमड़ी के साथ
दौड़े हुए आये
मिलाने को हाथ
पीते हैं मदिरा
खाते हैं गोस्त
मिलते गले
कहते मुझको ऐ दोस्त
कैसे लिखूं
दोस्ती को मतङ्ग
अपने ही करते
खरीद-ओ-फरोख्त

जिंदगी को जीने का

ईनाम दीजिये

मैं जी सकूँ

ऐसा कोई जाम दीजिये

अहले कदम पे

मदिरा ने आगोश

क्या लिया

जीते जी प्यारे

हर सुबह को

शाम कीजिये

अल्लाह ही खालिक है

अल्लाह ही मालिक

हो नेक दिल

अपने शहर को

नाम दीजिये

गुलजार हो धरती

धड़कता दिल हो

हर तरफ

मुसाफिर ऐसे बनो कि

किताबों में हो हरफ़

लूटा तो क्या किया

किसी का क्या विगड़ गया

बन जायेगा वो मकां

जो गिरा था किसी तरफ

हंसकर

जीता जिंदगी

खुलकर

गाता गीत

ढूँढ रहा

गलिओं चौबारों

मिला नहीं

मनमीत

सुर संगीत से

आस है

ये हैं

मेरे ख़ास

बिन पूँछे

हूँ चूमता

बाजे

बने हैं बांस

मेरी साँसों की

संगत में

बाँसुरियाँ

बलखाती

गाती

मधुर गीत मेरे संग

संग ही संग

इठलाती, इतराती

जो कहते

निर्जीव इन्हें

वो प्यार मोहब्बत
क्या जानें
जो लोग
मोहब्बत के दुश्मन
उनकी सत्ता
हम क्यों मानें
है भाग्य मेरा या
रब की रहमत
प्यारा सा
मन का
मीत मिला
ज़ब भी मिलता
मैं हूँ उससे
लगता है
मन मीत मिला

ऐ मेरे मनमीत सुन

कहूँ मैं अपना राज
मेरा है हमराज तू
तू ही है सरताज
दिखे दसों दिश
तेरी सूरत
लगती तू
ममता की मूरत
निश-दिन गूंजे
कान में मेरे
तेरे ही अल्फाज
रोम-रोम पुलकित
हो उठते
आती है जब याद
ईश्वर ने बख्शी है मुझको
'शशि' सी इक सौगात
सचमुच जैसे हो रही
बिन मौसम बरसात
कहते लिखते देखते
तनिक न मन सकुचात
सच को सच ही कह सके
झूठ की क्या औकात
दिल ने अपना समझ के
दिल से कह दी बात
दिल ने दिल की मान ली
अब मंद-मंद मुस्कात

क्या गाऊँ मैं शिव की महिमा

जो परे महासागर से हो
जिसकी सीमा का अंत नहीं
जिसमें होती है अंत मही
मैं एक नराधम हूँ पर हे शिव
मैं भी तेरा पुजारी हूँ
पूजा जैसा इक शब्द मात्र
मैंने खुद में लिख डाला है
पूजा क्या है मैं न जानू
जीवन इक जहर का प्याला है
पी ले जहर मेरे जीवन का
तू ही मेरा रखवाला है
मुझ जैसे तुक्ष को गले लगा
तूने सांपों को पाला है
मैं भी कुछ अच्छा कर पाऊं
कुछ ऐसी कृपा करो मुझपर
मैं मानवता को जी पाऊं
कुछ ऐसी दया करो मुझपर
मैं हूँ अनाथ दो मेरा साथ
लो पकड़ हाथ हे 'भोलेनाथ'

रिश्ते

जो लाजवाब होते हैं
बेपनाह
बेहिसाब होते हैं
अपना हक
मांग के तो देखो
बेशर्म अदाओं से
बेनकाब होते हैं
अपना हक
छोड़ के देखो
कांटे भी
गुलाब होते हैं
रिश्तों की राह
बड़ी बेदर्द सी है मतङ्ग
रस्में वफ़ा में कांटे
वर्ना तो
गुलाब होते हैं
जीवन बीत जाता है
रिश्तों को आजमाने में
हरेक रिश्ते में
कुछेक ख्वाब होते हैं
जमीरे वफ़ा से
रिश्ते लाजवाब होते हैं
जमीरे जफ़ा हो तो
रिश्ते बेनकाब होते हैं

आई होली देखो प्यारे

होने लगी ठिठोली

भाई की मर्यादा देखो

बहन से खेलें होली

चलो शपथ लें

हम सब मिलकर

लेकर चन्दन रोली

एक रंग में

रंग दें सबको

साथ लगाएं बोली

भारत माँ के जयकारों से

गूँज उठे हर टोली

वीर भाल पर

तिलक करें

जो सीमा पर हैं लड़ते

मेरे ही खातिर जो बन्दे

शीश निछावर करते

मैं जिंदगी को

जीता हूँ
अपने ही ढंग से
सपनों को रंगता हूँ
अपने ही रंग से
जीने का ढंग
सपनों का रंग
मन की उमंग
उठती तरंग
मिलते गले ज़ब
बनता 'मतङ्ग'
अपनों की चाह
मौत की राह
इक है प्रारम्भ
दूसरा है अंत
जीवन फिर
समझो बसंत
पतझड़ का साथ
हाथों में हाथ
बारिश की झड़ी
टूटी झोपडी
बांस था हरा
फूटी खोपड़ी
लगाई थी आग
निकला धुआँ
जीने की जिद में
ये क्या हुआ

तारीफ में तेरे

क्या कहूँ
खिदमत में तेरे
क्या करूँ
मेरी रूह में
रग-रग में तू
तुझे 'खुद' कहूँ
या खुदा कहूँ
मरहूम था
महफूज हूँ
इनायत से तेरे
लवरेज हूँ
होकर फ़ना
जाने को था
तेरे इश्क में
तवरेज हूँ

आया बसंत

लूटो दिगंत
बन-बन के संत
हो महा अंत
निश्चित है अंत
क्यों मुर्ख बना
घूमे अनंत
प्रातः काल
मधुरबेला
सोता रहता है
अलबेला
वो क्या जानें
वह ब्रम्ह रंध्र
जो ब्रम्हमुहूर्त का
सौतेला
ज्ञानी वो ही
अब दिखते हैं
बेंचे किताब
फुटपाथो पर
उन्हें कम से कम
ये याद तो है
कक्षा क्या लिखी
किताबों पर
सब महंगे जूतों
के प्रेमी
बनके दलाल

ठोकर पे दाल
मखनी रोटी
महंगी बोटी
गाड़ियाँ बड़ी
नित नई नई
लेते दुखिओं
के हाल चाल
मम्मी को फेक
अनाथालय
बापू के गालों को
किया लाल
कर जमींदोज
कुछ लालों को
बन गये भारत के
नेक लाल

मैं और तू

तू और मैं
आओ करें मिल
तू तू मैं मैं
तू ने तू को
लिया पुकार
आया तू ज़ब
तू के द्वार
दोनों गले मिले
हर्षाये
किये जुगाली
मन मुस्काये
मैं रह सका नहीं
चुप इस पर
पहुँचा तुरत वो
तू के घर पर
हँसते तू के
मैं टकराये
मैं मैं करते
सड़क पे आये
दोनों तू
मैं लेकर आगे
तू तू मैं मैं
करें अभागे

नजर जिसकी

जहाँ तक है
पहुँच उसकी
वहाँ तक है
मुसाफिर फिर भी
न जानें
उन्हें जाना
कहाँ तक है
बनो तुम राम
या रहमान
पढ़ो तुम बाइबिल
या कुरआन
बनें यदि रह न सके
इंसान
मिटेगी भारत
देश की शान
कहे जाओगे तुम
हैवान
लगा दो
जान की बाजी यार
मिटा दो जुमलों का
बाजार
बचा लो माँ बापू
की नाक
कभी न आये
देश पे आंच

रोक दो धर्मों
का व्यापार
करो न मजलूमों
पर वार
विवशता बनें न
देह व्यापार
उठाओ ऐसा
इक हथियार
सुरक्षित हो जाए
संसार

मैं चिर निद्रा में

सोना चाहूँ

हे माँ तू मुझे

सुला दे ना

मैं गोद तेरी

आना चाहूँ

हे माँ तू मुझे

बुला ले ना

छोटेपन में

तू मुझे कभी न

दूर सुलाया करती थी

खुद भीगे बिस्तर

सो कर भी

सीने पे

लिटाया करती थी

माँ अब मैं

निपट अकेला हूँ

लोगों की भीड़ का

मेला हूँ

क्यों कर कैसे

मुहँ मोड़ गई

क्या खता थी मेरी

हे माता

क्यों बिन बतलाये

छोड़ गई

सब कुछ है

मेरे पास मगर
तेरे आँचल की
छावँ नहीं
ढूँढूँ मैं कहाँ
कहाँ जाऊँ
ऐसा कोई भी
गाँव नहीं
ढूँढूँ हर पल
हर दिन ढूँढूँ
ढूँढते हुए
थक जाता ज़ब
कल्पना में तेरी गोद
में माँ
सिर रख निद्रा को
पाता तब
मेरे सपनों में
गर आना
फिर छोड़ मुझे
तुम न जाना
ले चलना मुझको
साथ साथ
न पड़े मुझे फिर
पछताना

काले बादल के

घिरते ही
मैं आज
सिहर सा जाता हूँ
वो टूटी छत
टूटी खिड़की
टूटे दरवाजों की
याद मतड़ूग
अनचाहे रूप में
आते ही
मैं आज
विखर सा जाता हूँ
माँ बापू ने
सबकुछ दे
खुद विदा लिया
मेरे जीवन से
उनकी यादों के
साथ सदा
अपनों के संग
मुस्काता हूँ
कुछ अपने
ऐसे भी हैं
जो सपने से
लगते हैं मुझको
पर कुछ अपनों की
राह सदा

झुक कर निज
शीश नवाता हूँ
क्या कहूँ
किसे मैं बतलाऊँ
मैं खुद को
कैसे समझाऊं
माँ बापू के बिना मित्र
मैं रोज मरूँ
फिर जी जाऊँ

बात में बात का भी

मजा लीजिये
वक्त बेवक्त
घर को सजा लीजिये
टूटी छत खिड़कियां
हों जो घर में मतङ्ग
मौसमी बारिशों
का मजा लीजिये
फूल गर न
गुलाबों के हाजिर मिलें
हर गुलाबी शहर का
मजा लीजिये
गर मोहब्बत में
धोखा मिला हो तुम्हें
रेत पे घर को
फिर से बना लीजिये
आप को गर जरूरत
हमारी लगे
आप भी जिंदगी का
मजा लीजिये
टूट कर के
बिखर जाना मुमकिन नहीं
फिर नया आशियाना
बना लीजिये

पहन सफेदी

बगुले राजा
हर मंचों पर
दिखते
किसको पता कि
कल तक वो थे
बंद कमरों में
बिकते
बिकते-बिकते
पैठ बना ली
सत्ता के गलियारों में
दिखते-दिखते
धौंस जमा ली
सारे रिश्तेदारों में
फर्राटा
भरती गाड़ी
बन्दूक राइफल
आम हैं
उनकी गाड़ी
फुर्र हो गई
सबका चक्का
जाम है
पढ़ने लिखने वाले
भाई
लिए कलम
किस्मत आजमाएं

वहीं पड़ोसी
जेल से निकलें
नेता बनके
दिल्ली जाएँ
मेहनत और
कठिन मजदूरी
फीस हुई न
तब भी पूरी
कालीदास जितने
बनते हैं
'पप्पू' के स्कूल पढ़ाये
नहीं पता है
कौन अँगूठा
किस कागज पे कब
लगता है
बना प्रबंधक स्कूलों
का
शिक्षा को
गाली बकता है नंगे
होकर
नृत्य करें
नैन लड़ायें चौतरफा
भीतर अत्याचार करें
वेश बदल
देते धोखा
उन्हीं की

दुनियाँ
उन्हीं की
'मुनियाँ'
उन्हीं का ये
संसार है
प्रातः सानी
करें 'विद्योतिमा'
'काली'
भैंस सवार हैं

झूठी जुबान पे

सभी गुमान कर रहे
दम भरते हैं ईमान के
बेईमान जो रहे
कर कर के सितम
आज वो रहमान
बन रहे
लुटे पड़े आवाम थे
इंसान बन रहे
औरों की क्या कहें
हमें भी शौक है मतङ्ग
बनते थे बाल ब्रम्ह
अब जवान बन रहे

मेरी मौत भी

मर जाएगी
मेरी मौत के बात
या खुदा
इल्म गर देना
तो बस
इतना ही देना
जिन्दा रहूँ तभी
काम आ सकूँ
आवाम के
सरेआम नंगे
हो जाएँ
ऐसा हुनर
मत देना
देना तो बस
वही देना
हो राह में
भगवान के

मैं दिल्ली हूँ

मैं दिल्ली हूँ
मैं बनी आज
इक 'खिल्ली' हूँ
मैं दिल्ली हूँ
मैं कहलाती थी
दिलवालों की
थी सूर वीर
मतवालों की
कुछ कपूत
लेकर मशाल
काटते गला
करते बवाल
माँ की भी
सूनी गोद करें
बनते थे जो
भारत के लाल
कुर्सी की
घृणित लड़ाई में
जी भर कर
देश लुटाई में
कुछ चोर हैं जो
चौबारों में
लुटें इज्जत
अँधियारों में
मैं चीखती हूँ

चिल्लाती हूँ
अपनों बिच
भागी जाती हूँ
मैं अपनों में
अपनों द्वारा
नित लूटी पाटी
जाती हूँ
माँ बहनों की
इज्जत लूटें
नामर्द हुए हैं
मर्द सभी
दिल्ली जल रही है
अपनों से
क्या बच पायेगी
लाज कभी

प्रेम पर लिखना

प्रेम पात्र मिलना
प्रेम करना
आसान है जनाब
प्रेम को निभाना
और निभाते रहना
महज एक ख्वाब है
जनाब
आशिक तो
हर मोड़ पे
मुड़ मुड़ के देखते हैं
देख देख देखते
रह जाते हैं ज़नाब
लूटने को पास आते
लूट लूट खूब खाते
वादे तो करते हैं
निभाते नहीं ज़नाब
मोड़ पे मुड़ते ही
मुड़ जाते हैं जनाब

मैं दिल्ली हूँ

दिलवालों की
अलबेलों की
मतवालों की
पर अब मैं
दर्द से चीख रही
बस माँग दया की
भीख रही
कुछ नोंच नोंच कर
खाते हैं
कुछ सोच समझ कर
खाते हैं
कुछ देखा देखी
खा करके
सिर धुनते हैं
पछताते हैं
जो धर्म धुरंधर
नायक हैं
नालायक सबसे
वही दिखें
जो नियति के
परिचायक हैं
पक्के बदनीयत
वही दिखें
जो जिस थाली में
खाते हैं
करते उसमें ही
छेद दिखें

जन्म लिया जिस
माता से
उस माता का ही
रूप लखें
जिनकी स्वागत में
बहना भी
टीका रोली ले
थाल खड़ी
जो भाल पे
टीका करती हैं
उनकी चोली पे
नजर पड़ी
क्या होगा
कैसे होगा
उद्धार देश की
माओं का
कैसे होगा
अफसोस उन्हें
कर चीर हरण
ललनाओं का
मैं बेदर्दी से
दर्द भरा ये गीत
सुनाया करता हूँ
जो आंसू मेरे
पोंछ रहा
मैं उसे रुलाया
करता हूँ

मैं देवों में

'महादेव'
सिर धुनता हूँ
पछताता हूँ
देखूँ जब इंसा को
इंसा खाते
तो शर्म से मैं
झुक जाता हूँ
जो मेरे भक्त
हैं कहलाते
वो भी हत्या में
लगे रहे
हर पल हर क्षण
देखा हमने
सब चीर हरण में
व्यस्त रहे
मेरी संतान
नहीं मेरी
वो तो लगती
अब दानव है
मैंने ब्रम्हा से
जा पूँछा
क्या यही
तुम्हारा मानव है
तेरा मानव तो
रक्त पिए

अपने ही भाई का
निश दिन
दूजे दानव के
कहने पर
अपनों को मारे
वो गिन गिन
मैं व्याकुल हूँ
मैं आकुल हूँ
अब नहीं
सहन कर पाऊंगा
मैं बीर भद्र को
बुलवा कर
फिर से बिध्वंश
कराऊंगा
मैं महाकाल
ले काली को
सबका मुहँ
काला कर दूंगा
जो जन हत्या में
लगे हुए
उनकी हत्या भी
मैं कर दूंगा
मैं श्मशानी हूँ
मेरा शमशान
मेरा अपना
मर्यादा जो इसकी
तोड़ेगा
उसका जीवन

होगा सपना
मैं कालों में
हूँ काल
काली मेरी
घरवाली हैं
निज संतानों को
विकल देख
'तीसरी' भी
खुलने वाली हैं

कोई

आबाद हो जाए
या फिर
बर्बाद हो जाए
मुझे
अपने लिए जीना
जमीं
श्मशान हो जाए
मेरी जिद को कि
जीवन भर
रहूंगा मैं बुलंदी पर
चाहे दिल्ली से
राजधानी
दौलताबाद हो जाए
न कोई
राम को जाने
न ही
हनुमान को मानें
बैठ
उपदेश करते हैं
पिता का
नाम न जानें
धर्म क्या है
किसे कहते
जाति क्या है
जिसपे मरते

बात तो
वो भी हैं करते
जो खुद की
औकात न जानें
बनाये वेश हैं
देखो
लगाए मंच हैं
देखो
बने सरपंच हैं
देखो
जो पिटते रोज हैं
थाने

जलता है देश

तो जलने दो
मरते हैं लोग
तो मरने दो
मुझको अब फ़िक्र
नहीं उनकी
मुझे खाली जेबें
भरने दो
मैं बनता बड़ा
सिकंदर हूँ
बंदर सा वीर
कलंदर हूँ
मेरे मुख
कालिख पुती हुई
रंग में अनार
चुकंदर हूँ
सेवा में
निज देश के मैंने
कलयुग की गीता
लिख डाला
बन गया कृष्ण
बालाओ संग
इक नंगा रास
रचा डाला
खटरागी से
बैरागी बन

सब लूट जगत
फिर त्यागी बन
जंगल में
ए सी गुफा बना
मंगल का
मंगल कर डाला
अब फँसा हुआ हूँ
दंगल में
फैली हुई आग के
जंगल में
जिन अपनों को
मैंने लूटा था
सबने मुझे
काँध लगा डाला

मैं देवों में हूँ

महादेव
हूँ कालों में मैं
महाकाल
अब देख दुर्दशा
दिल्ली की
तीसरी आँख
हो रही लाल
डम डम डम
डमरू बोलेगा
सत्ता की
पोल भी खोलेगा
आएगा तेरा
समय जल्द
तू घर घर
नंगा डोलेगा
सिसकियों से
मैं अब सिहर रहा
सारा समाज है
विखर रहा
अब मुझसे
सहन नहीं होता
मासूमों का
दिल दहल रहा
मुझे तांडव को
मजबूर न कर

भाई से भाई
दूर न कर
हो सावधान हे
मानव तू
सेवा करके
प्रायशचित कर

मैं दिखता हूँ

देवों जैसे
पर पक्का मैं
व्यभिचारी हूँ
बाहर से दिखता
पुरुष मात्र
भीतर से
इक्षाधारी हूँ
नर हूँ
नारायण बनता हूँ
नारायण को पीछे
रख कर
मैं पल पल रंग
बदलता हूँ
है लगी आस
न बुझे प्यास
मनचली
मुक्त ललनाओं की
न मिटे चाह
उस यौवन की
न ही मदमस्त
अदाओं की
मैं यही सोच
पास अकल के
कम ही जाया करता हूँ
जो बुद्धिमान जन

होते हैं
उनसे कतराया
करता हूँ
मेरी गीता में
लिखा हुआ
सच्चे योगी
जो होते हैं
वो कम से कम
अठारह घंटे
लिए विदेशी
सोते हैं
देश विदेश में
भाईचारे का
चहुदिक् फरमान हुआ
हिन्दू मुस्लिम
करते करते
अपना घर वीरान हुआ

बर्बाद गुलिश्तां

हो जाए
मुझे अपनी जेबें
भरना है
इस अर्ध नग्न से
जीवन में
मुझे देश की
सेवा करना है
कोई धर्म की
बातें करता है
कोई जाति पांति पे
मरता है
पर सच देखा
मैंने मतङ्ग
मेरा दिल
मुझपे ही मरता है
मैं कायर हूँ
मैं बुजदिल हूँ
हर दिल अजीज
पर संगदिल हूँ
सबका उपदेशक
मैं ही हूँ
मैं ही कुरआन और
बाइबिल हूँ
पढ़ने न
स्कूल गया

खोला स्कूल
मैं शिक्षक हूँ
डिग्री धारी
नौकर रखकर
मैं खुद से
बना प्रबंधक हूँ
अब राजनीति
में नेता बन
मैं भी
दिल्ली तक जाऊँगा
हिन्दू मुश्लिम
फिर कर कर के
मैं फिर दंगा
फैलाऊँगा
चिरपरिचित
मारे जायेंगे
हम सब मिल
मौज मनाएंगे
फिर अपनों से ही
हाथ मिला
अपनी सरकार
बनाएंगे

देखा जो

सुर्ख लाल
मेरा दिल
मचल गया
इक रोज
इक हसीना का
फिर जादू
चल गया
गर्मी जो बढ़ी
होंठों की
बढ़ती चली गई
तपते हुए मेरे
होंठ पे छाला
निकल गया
आँखों की खुशी
फुर्र हुई
आ गई नमीं
आबो हवा में
देर तक
छाई रही गर्मी
छाले भरे
होंठों से निकले
दर्द भरे गीत
बस देखते ही
देखते
मैं बन गया 'संगीत'

दीवारें कह रहीं थीं
मैं तो बेवफा हुआ
जिंदगी की जिंदगी में
ऐसा क्या हुआ
शब्दों से
बेवफाई के
मैं हो गया था तंग
कान बंद करके
मैं भी
बन गया 'मतङ्ग'

न हिन्दू

न मुस्लिम कोई

जाने

सकल जहान

हिन्दू मुस्लिम

जो भी करता

वो पक्का

बेईमान

वो पक्का

बेईमान

जहां में उसकी

करो धुनाई

हिन्दू मुस्लिम

सिख ईसाई

किसने मुहर लगाई

जाति की रोटी

धर्म पे सेंके

जितने यहाँ कसाई

निजी स्वार्थ में

कुछ लोगों ने

घर घर

आग लगाई

सबका सबको

हक दो प्यारे

सबका सब

सम्मान करो

किसी धूर्त के
कहने पर न
'भारत' का
अपमान करो

पापा की मैं लाड़ली

पापा की मैं जान
पापा का सौभाग्य हूँ
पापा की हूँ प्राण
अपनी बेटी बेटी होती
औरो की क्यों औरत
क्या कारण दूजे की बेटी
लगती हैं खूबसूरत
उम्र नहीं दिखती बेटी की
पैदा या हो मरने को
दिखती है सामान हवश का
लेती जन्म वो लुटने को
माता बनती बहना बनती
बेटी बन पत्नी भी बनती
अपना घर संसार छोड़ कर
दूजा इक परिवार बसाती
सबसे महत्वपूर्ण प्राणी है
राम कृष्ण की जननी है
फिर भी लोगों की नजरों में
बिस्तर वाली 'नटनी' है

हिन्दू मुस्लिम

जो करें
थप्पड़ मारो चार
फिर भी जौ न मानै तौ
कपड़े लेउ उतार
कपड़े लेउ उतार
देश भर माँ दौड़ाओ
नंगा करके जाहिल से
फिर भीख मँगाओ
मुँह मा कालिख पोति
बुलाओ ओहि का नारा
हम भारत के आन
औ भारत देश हमारा
अपने देश की खातिर
हम लड़ कै मर जैबै
हिन्दू मुस्लिम किहिस तौ
ओका पीट बहैबै
धरम जाति पै जे लड़ै
उन्है नपुसंक जानौ
देशवा पै जे मर मिटै
वही का मानुष मानौं
अँसुअन से है भरी आँख
माई कै देखौ
बेटवा मर गै जेकै
बुढ़ापी दाईं देखौ
का करिहैं वै कहाँ का जैहै
कहाँ से खैहैं लाइकै
रोई रोई वोइ सब मरि जैहै
देइ श्राप गरियाय कै

लिखता हूँ मैं भी

दर्द भरे 'गीत' साथिओं

दर्द दिया उसने

जो था 'मीत' साथिओं

टूटा हुआ वो तार

अब 'सितार' बन गया

रहबर बना हुआ है

मेरा यार साथिओं…

आँखों का ऐतबार

दिल को रास आ गया

आँखें खुली तो

दिल मेरा सकते में आ गया

आँखों ने किया दिल को

तार तार साथिओं

रहबर बना हुआ है

मेरा यार साथिओं…

तारीफ के काबिल भी है

वो राहे सफर में

घर में छिपे हुए थे

मुझको लाया शहर में

करता हूँ मैं भी अपनों का

दीदार साथिओं

रहबर बना हुआ है

मेरा यार साथिओं…

उसके सितम को मैंने

शब्दों में पिरोया

मैले हुए कपड़ों को
दिनों बाद है धोया
आदत भी हो गई है
गुनहगार साथिओं
रहबर बना हुआ है
मेरा यार साथिओं...
बातों को मुहब्बत की
कभी लिख नहीं सका
कबिरा का ढाई हरफ़
कभी पढ़ नहीं सका
छीनी ज़ुबान
रश्में बेशुमार साथिओं
रहबर बना हुआ है
मेरा यार साथिओं...

देखा जो तुझे

दूर तलक
देखता रहा
अनजाने से
कुछ अक्षरों का
गीत बन रहा
गाना भी चाहा गीत
गुनगुनाता ही रहा
नजरें मिली तो
गीत से संगीत बन रहा
कुछ कह न सका
कहने चला
देखा जो तुझे
देखा तो तुझे
देख के भी
देखता रहा
जी भर के
देख लूँ
तू आ के बैठ
सामने
वर्षों से यही बात
मैं भी सोचता रहा
सपनों की हंसी रात
हंसी बात बन गई
हर मोड़ पे
मुड़ मुड़ के
तुझे देखता रहा

मैं जो लिखता हूँ

लिखने दो
मैं जो पढता हूँ
पढ़ने दो
गर निरा मूर्ख मैं
लगता हूँ
मुझको मूरख ही
रहने दो
कुछ अपनों ने
मुझसे विदा लिया
कुछ अपनों ने
मुझको विदा किया
जो अपनेपन में
लगे रहे
बीते कुछ दिन
फिर जला दिया
दिखता संसार है
अपनों का
लगता फिर भी है
सपनो का
रेतों पे बने
सभी रिश्ते
देते एहसास हैं
अपनों का
मैं सत्य सा
इक कमजोर अस्त्र

जिसमें सपना है
सपनों का
सपने कमजोर
न हों तेरे
इसलिए मैं साथी
सपनों का

आवाजों की

बाजारों में
ख़ामोशी को
किसने देखा
दिल से निकले
अल्फाजों को
झूम झूम कर
सुनते देखा
दिल में कितने
राज छिपे है
किसने देखा
कब है देखा
चलती कलम के
रुतबे देखा
चलती कलम को
किसने देखा
लिखती है
तकदीर सभी की
फिर भी झुक कर
चलते देखा
हाथ लगी जिसके
उन सबको
सदा अकड़
कर चलते देखा

मेरा वो

पहले वाला रोब
रिश्तों में
दिखने वाला खौफ
नहीं दिखता है
भाई
मैं जबसे
बना जमाई...
यारियां यारों वाली
यार
सालियां दे देती हैं
उपहार
मुफ्त मैंने
है पाई
मैं जबसे
बना जमाई...
यहाँ के
सारे रिस्तेदार
वो चाहे
साढ़ू हों या सार
बात करते गरियाई
मैं जबसे बना जमाई...
मोहब्बत की इतनी
भरमार
पुत्र सम मिलता
मुझको प्यार

सभी दे रहे
बधाई
मैं जबसे बना
जमाई
मुझे मिलता है
खूब दुलार
किचन का किंग
बना हूँ यार
काटता दूध
मलाई
मैं जबसे बना
जमाई

यार का यार हूँ

दिल से बीमाऱ हूँ
मादरे हिन्द का
मैं कलमकार हूँ
कल तलक जो
चरागों सा
रोशन था मैं
राख़ से बन चुकी
आज दीवार हूँ
जो मकां मैंने
जीता था
लड़के मतङ्ग
आज मैं
उस मकां के ही
उस पार हूँ
जिंदगी में किसी को
न जीने दिया
अब उसी जिंदगी का
तलबगार हूँ
झूम कर तुम
मोहब्बत में जिन्दा रहो
जिंदगी में तेरे
मैं तो पतवार हूँ

कभी श्री राम

बन जाते
कभी घनश्याम
बन जाते
लड़कियां
देखकर प्यारे
वो आशाराम बन जाते
बनें हैं
बाल ब्रम्हचारी
छेड़ते
रात दिन नारी
पकड़ में
आने न पाएँ
तुरत
हनुमान बन जाते
बात करते
गरीबों की
लूटते नित
गरीबों को
बेटियां भेज सेवा में
जमाने ख़ास हो जाते
बनें हैं वो सिकंदर
कल तलक बंदर बने थे जो
उछल कर
डाली से डाली
पहुँच दिल्ली

तलक जाते
डाँटते बुद्धिमानों को
पीटते हैं किसानों को
लूटते नवजवानों को
कुर्सियां जैसे ही पाते
मसीहा है बिबादो में
धोखा देता है वादों में
अँधेरे में 'युवा' खुद की
रोटियां ढूँढ़ न पाते

सतरंगी परिधान

पहनिए
रंग दिखेगा एक
एक रंग के चककर में
हम रहे अँगूठा टेक
एक रंग में रंगने वाले
रंगों के सरदार
रंगों का व्यापार हैं करते
बनके ठेकेदार
एक रंग का खून है सबका
एक ईश्वर एक धरती
फिर भी अपने दूजे दिखते
गर्दन सबकी कटती
जितने ठेकेदार सबों के
इक रंगी परिधान
भीतर भीतर सात रंग से
करते देश महान
देते नारे जै जवान के
कहते जै किसान
बाहर से इंसान है बनते
भीतर से हैवान

लिखता हूँ मैं

प्रेम को
गाता हूँ
मैं प्रेम
करने की
ज़ब बात हो
उपदेशू
मैं नेम
जहाँ नेम
वहाँ प्रेम नहिं
जहाँ प्रेम
नहिं नेम
नेमी होते
झूठ सब
सबसे होत
न प्रेम
उद्धव भूले
नेम सब
पूँछ राधिका
क्षेम
मतङ्ग
नेमी नरन को
धुल चटावत
प्रेम
रहें प्रेम ते
सुजन सब

दें उपदेश

सुजान

प्रेम नाम पे

लूटते

ढोंगी

और बेईमान

कोई कहता

नर्तकी
कोई कहता
चोर
लोकतंत्र के
महापर्व पे
चोर
मचाएं शोर
नारी की
धज्जियां उड़ रहीं
पद का
उड़े मजाक
रोता घूमें
लोकतंत्र अब
मर्यादा
अभिशाप
लोक-लाज
अब रहा नहीं
राम-रहीम के
देश
शिक्षा की
क्या हुई तरक्की
गधे बन गए
गणेश
बाल ब्रम्हचारी
बनें

नोचें सबके
बाल
कलयुग के
अब संत गण
करते रोज
धमाल
सीता रोती
खेत में
सावित्री बेहाल
द्रौपदी का
चीर वो हरते
सहलाते हैं
गाल
रोज रात
वो रास रचाएं
राधा दिखती
माल

मैं वर्तमान हूँ

मेरा ध्यान रखो
भविष्य में
भूत की तरह
पीछे ही
पड़ा रहूंगा
न कुछ कहूंगा
न कुछ करूँगा
न ही कुछ
करने दूंगा
तुम वर्तमान को
जीने में
इतने मशगूल
हो गये की
भविष्य का ध्यान ही
नहीं रखा
मेरी तरफ
देखा ही नहीं
मेरे लिए सोचा
ही नहीं
कल तुमने
मुहँ मोड़ा था
आज मैंने
मुहँ मोड़ा है
कल तुमने
मुझे छोड़ा था

आज मैंने तुम्हें
छोड़ा है
क्या करूँ
मजबूर हूँ
आदत से
चश्में बद्दूर हूँ

सारे जहाँ से अच्छा

हिन्दोस्तां तुम्हारा
धरती पकड़ हो इसके
जनता का है सहारा
सेवा के नाम पर तुम
खाते रहे हो मेवा
हम देख भी न पाए
सूखा हुआ छुहारा
महलों में सोते घंटों
पर नींद नहीं आती
आती भी नींद यदि तो
कोई आत्मा सताती
टेबलेट के भरोसे ही
करते हो तुम गुजारा
मस्ती की नींद सोता
फुटपाथ पे विचारा
जिस वोट पर बनें तुम
वो वोट है हमारा
सोने का महल तेरा
सींचे लहू हमारा
फुटपाथ के पथिक थे
अब चाल तुमने बदली
अब चाल पुरानी पर
आना तुम्हें दुबारा
दुर्गुण है कौन ऐसा
तुझमें न हो समाया
हे राम तुम ही देखो
ये कैसा समय आया

मेरी हर बात को

अन्यथा मत लेना
मेरे साथ को भी
अन्यथा मत लेना
कुछ बड़ा कर गुजरने की
हिम्मत भी रखता हूँ
ऐ मेरे दोस्त
मुझे अन्यथा मत लेना
झूमता हूँ मस्ती में
शामों सुबह बस्ती में
बैठा के अपनी कश्ती में
कभी उतार न देना
वफ़ा पे फ़क्र है मुझको
वफ़ा रग-रग में है मेरे
वफ़ा की राह में प्यारे
जफ़ाये जाम न देना

मैं अपनी बातें

कहता हूँ
मैं औरों की भी
सुनता हूँ
मैं अपनी बातें
लिखता हूँ
मैं औरों की भी
पढता हूँ
पर लिखता हूँ
मैं वही मित्र
जो औरों द्वारा
सिखता हूँ
जो बात किताबी
पढता था
वो आज किताबी ही
दिखती
अनुभव जीवन का
मक्कारी
जो लोगों के
नस-नस दिखती
जो अनपढ़ थे
वो अनपढ़ हैं
पर कुछ सच्चे
कुछ झूठे हैं
मेरे सामने
जब वो आते हैं

लगते मुझसे
कुछ रूठे हैं
पर जितने
पढ़े-लिखे लायक
वो सबके सब
नालायक हैं
मजदूरी करें
'अँगूठों' की
खलनायक
बनते नायक हैं
जो निरा
अँगूठा टेक रहे
अब हमें
अँगूठा दिखलाते
मुहँ ऐंठ तुरत वो
चल देते
जब पढ़े-लिखे भी
दिख जाते
जितने जेबकतरे
महफिल के
वो शिक्षा का
व्यवसाय करें
जो बड़ी-बड़ी
डिग्री वाले
वो 'उनकी'
खाली जेब भरें
दूजे घर की
सुन्दर नारी

लगती 'सर' को
घरवाली है
मर्यादा को ताक
पे रख
वो जिश्मों की
इक थाली है
क्या हालत हो गई
अब मतङ्ग
क्या होगा अब
मेरा तेरा
दुनियाँ का मालिक
बनता जो
हर घड़ी
लगाता है फेरा

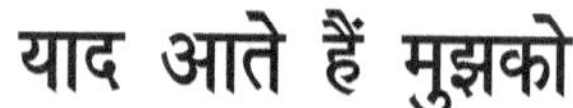 याद आते हैं मुझको

पान बनारस वाले
दिल में बसते हैं
मेरी जान बनारस वाले
राज करते हैं वहाँ
सबसे जो 'भोले भाले'
लोग कहते हैं उन्हें
देवता डमरू वाले
अंग में राख भंग के साथ
साँप के डाले माले
सवारी नंदी की तैयार
सजे हैं भूतों के हथियार
भाँग पीकर मतवाले
योगिनी चौसंठ घूमे द्वार
अष्ट भैरव संग देव हजार
पी रहे भंग के प्याले
दर्द हरते हैं सबका यार
मिले मासूमों को भी प्यार
जहर पी ले वो भरे बाजार
हैं शंकर भोले भाले
देते डमरू पे ता धिन ताल
ठुमकते भूत प्रेत बैताल
महाकाली के काले
नृत्य में तांडव वाले

मंचों पे सम्मान करें

लूटें कमरे में इज्जत
कुछ नव युवक तो
करते दिखते
अपनी माँ को बेइज्जत
बातों में सच्चाई दिखती
पर चरित्र बेईमान है
सारे चोर लुटते घूमें
धर्म और ईमान है
नारी शशक्ति की
बात जो करते
वो ही इनके भक्षक हैं
नारी खुद ही
मर्यादा पालक
खुद ही खुद की रक्षक है
क्या एहसान तुम्हारा है
जो लूट के 'सब'
कुछ देते हो
बना भिखारी 'माओं' को
क्यों झूठी इज्जत देते हो
हिंदी दिवस और
रक्षाबंधन सा ही इक दिन
नारी संरक्षण का
बाकी दिन तो
शपथ ले बैठे
हर इक बेटी के

भक्षण का
हे भारत की 'माताओं'
तुम खुद अपनी
पहचान बनो
तुम माँ हो
'राम' की जननी हो
अब दुष्टों का संधान करो

नारी को सम्मान दो

तिथि मार्च की आठ

बाकी दिन अपमान का

उम्र हो चाहे साठ

उम्र हो चाहे साठ

या हुई हो

अभी वो पैदा

पीसो पूरे वर्ष

बना डालो फिर मैदा

उसकी ही रोटी खाओ

फिर नोंचो उसकी बोटी

चाहे हो वो बूढी अम्मा

चाहे नन्ही बेटी

अपने ही बेटों ने

आश्रम अनाथ में छोड़ा

रक्षा के दावे जो करते

सबने मुख है मोड़ा

जैसे दिखी

रूप की रानी

मचले धरम दीवाने

आज दिवस

नारी का आया

बगुले चले मनाने

हे माँ

मैं सोना चाहूँ
बात-बात में
खुलकर
मैं रोना चाहूँ
हे माँ
मैं रोना चाहूँ
मेरे वो अपने
जो तुमने
बतलाये थे
तेरे सामने
अपनी गोद में
मुझको बैठाये थे
तेरे न रहने पे
दुश्मन सा
देखा सबने
हे माँ
मैं जीते जी
मरना चाहूँ
हे माँ
मैं सोना चाहूँ
माँ तो बस
माँ ही होती
माँ बन पाए
कोई और नहीं
वो तो बस

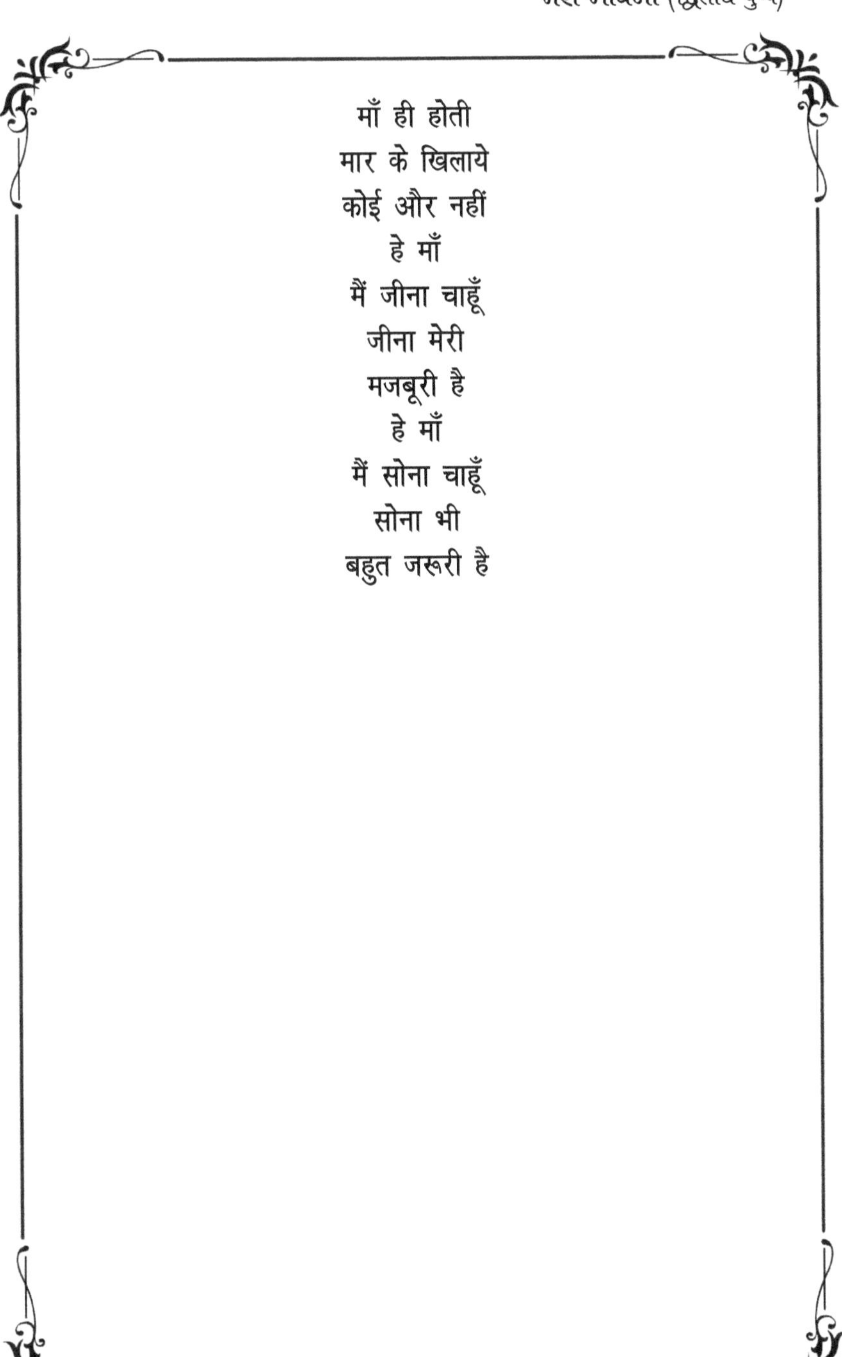

माँ ही होती
मार के खिलाये
कोई और नहीं
हे माँ
मैं जीना चाहूँ
जीना मेरी
मजबूरी है
हे माँ
मैं सोना चाहूँ
सोना भी
बहुत जरूरी है

क्या होली

क्या भाँग की गोली
सब पे दारु हावी
गली-गली में
मुन्ना भाई
पी करते
रंगबाजी
एक जमाना
वो भी था ज़ब
चलती थी
मर्दों की टोली
ठंडाई संग
भाँग की गोली
साथ में टीका रोली
लेकर झुकते
थे पैरों पर
माँ, बहनों की टोली
हिंदी की जल गई
होलिका
इंग्लिश खेले होली
पी कर दारू
इंग्लिश वाली
'सर' जी खेले होली
जाएँ लिपट वो
ललनाओं से
रंग दें उनकी चोली
होली मर्यादाओं
की जलती
लाज की लगती बोली

जिंदगी

जीना हो गर
पी लो गरल सी
जिंदगी
'कृष्ण' देखा
न किसी ने
आम कर लो
जिंदगी
'राम' की
बातें जो करते
रोज छुप-छुप
आहें भरते
बंद कमरे में
भुनाते
जिंदगी की
हर खुशी
झूठ कहते
झूठ करते
झूठ का
व्यवसाय करते
रोज पीते
रोज जीते
मौत सी इक
जिंदगी
यार क्या है
प्यार क्या है

धर्म का व्यापार
क्या है
जी रहे पाखंड की
वो लहलहाती
जिंदगी
देते है उपदेश
नेता
या धुरंधर धर्म के
मंच से
सन्देश देते
ले सुरा
निज घंट में
पीते खाते
पीटे जाते
मौत से हैं
दिल लगाते
छोड़ कर जाना
है सब कुछ
छोड़ जाते
गन्दगी
खूब मालामाल है
कातिल जवानी जिंदगी

लिखता हूँ गीत मैं भी

रोज चार साथिओं
पहले था कड़क
सड़क पे बेकार साथिओं
इक रोज इक चवन्नी थी
फुटपाथ पे मिली
लाया उठा के ऐसे जैसे
मिश्री की डली
'हीरा' समझ के दिल की
तिजोरी में रख लिया
बन कर के 'हीर' मेरी
अपने यार से मिली
हीरा से हीर बनते ही
बनने लगी वो पीर
ढूँढा बहुत तलाश किया
बन गया फ़कीर
मिल कर भी मेरे यार वो
तस्वीर न मिली
मुर्दों के इस बाजार में
न जिंदगी मिली
रस्मे वफ़ा में रुख्सते
नजीर थी मतङ्ग
होंठों को मेरे
झूमती संगीत सी मिली

प्रभू राम की

धरती पे है
होता नित
अन्याय तो देखो
लूट खसोट
मची चहुँ दिश है
जहाँ पे जाओ
वहीं पे देखो
संतों की
नगरी में देखा
कालनेमि की
भीड़ लगी है
भीड़ में जा के
भेड़ को देखा
शीश झुकाये
तीस खड़ी हैं
पढ़े-लिखे
राजे-रजवाडे
दीपक जले
पतंगा हैं
बाबा-बाबी
रास रचायें
पति देव
शर्मिंदा हैं
छाप तिलक
प्रभु राम का

व्यभिचारी सब
ऐश करें
सच्चे सेवक
श्री राम के
जंगल-जंगल
खोज करें
बोल न पाते
सीधी वाणी
देते सबको
गाली हैं
भक्तों की ही
बहू बेटियां
उनको लगती
घरवाली हैं
राम शर्म से
लाल हो रहे
शर्मसार
संसार है
जहाँ पे जाओ
वहीं पे देखो
मुर्दों का
बाजार है

मैं और

मेरा अहम्

क्या सत्य

क्या वहम

झूठा सत्य

'मैं' और मन

झूठा झूठ

मेरा अंतरमन

खुली आँखों ने

बदनाम कर दिया

बंद आँखों ने

दिल ही नीलाम

कर दिया

जीता हूँ

जीत की खुशी

नहीं हुई

अगली जीत

जीत की

उमस बढ़ी हुई

जीते जी मैं

'मैं' से परेशान

ही रहा

आसपास मेरे

शमशान

ही रहा

बन-बन के

सिकंदर भी
बंदर बना रहा
कामयाबी की
भगदड़ में
नाकाम सा रहा
न मैं रहा
न वो रहा
न तख़्तो
ताज़ थे
जाति-धर्म
नाम से
मौसम
ख़राब थे

मैं जीत अपनी

हार गया
जीत वो गये
खुदा की कसम
बढ़िया थे
बेकार हो गये
झूठ बोलना है मना
पाप था सुना
झूठ से ही पप्पू भी
सरताज हो गये
झूठ की सच्चाई को
कैसे कहें मतङ्ग
बिस्तर बदल-बदल के
बुलंदी पे चढ़ गये
सत्ता बदल गई है
यहाँ झूठ बोल के
झूठ के बल पे ही
वो रहमान बन गये
झूठ के ही बल पे
ठेकेदार धर्म के
देखते ही देखते
भगवान् बन गये

कोरोना

किस जगह नहीं

नहीं कौन से देश

फैल चुका

हर देश में

फैला

हर परिवेश

बच्चा-बच्चा

डरा हुआ है

साथ लिए

इक मास्क

पूरा प्रशासन

जुटा हुआ है

कसे कमर

दोउ हाथ

नादानी है

चीन की

करने चला

प्रयोग

अपने ही हाथों

मुर्ख ने

मारे अपने लोग

विश्व कर रहा

भरपाई अब

उसकी नादानी का

भंडा फूटा

विखर भी गया
उसकी
बेईमानी का
सावधान रहना है
यारों
रखो साफ सफाई
ध्यान पडोसी का
भी रखो
यदि देखो
कठिनाई
राम रहीम का
देश हैं प्यारे
मिलजुल के
सब रहना
भागेगा तब
हार 'कोरोना'
सब मिल बोलो
है ना

लोगों की जिद है कि

जद से जुदा होंगे
होंगे तो हम ही
निशाने मकां होंगे
दूजे यदि रह सकें तो
रहें पायदानों पे ही
बढ़ने कि जिद में
उनके बाकी निशां होंगे
मेरी मेहरबानियों पे
वो मेहरबान हैं
न हम होंगे
न जमीं होगी
गर होंगे तो केवल
'मेहरबा' होंगे
खुद पे भरोसा इतना कि
रब को रविश कह देते
बेताज बादशाहो के भी
ताज़ फ़ना होंगे

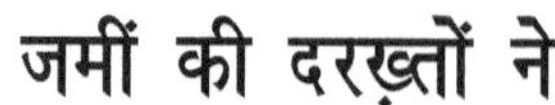

जमीं की दरख़्तों ने

दीवारों से पूँछा
कसूर तो तेरा
फिर भी दर्द
मुझे क्यों
इंसानो का
हैवानी बोझ
सहन करती रही
उनके बीच की दीवार
से दरख़्ती है जमीं
कसूर है कसूर का
जमीर पे रहे
आसमानी इल्म
खुद ज़मीन बन रहे
इंसान ने इंसान को
लूटा है रात दिन
जीवन में कभी
आज तक
किसी के न रहे

लिखवाना

चाहा जो उसने
लिखवाया है
बारी-बारी
सुनना जो भी है
उसे पसंद
सुनता भी है वो
शाम सकहरी
क्या लिखना है
कब लिखना है
जान सका न
आज तलक
बंदर सा बस
उछल रहा हूँ
ऊपर वाला
बना मदारी
कुछ लोगों को
भरम है केवल
अपनी निजी
खुदाई पर
उनको शायद
नहीं भरोसा
ईश्वर की
रुसवाई पर
जब भी वो
रुसवा होता है

बादल भी
फटने लगते हैं
कड़क बिजलियों की
आफत बन
शोले से सदा
बरसते हैं
उसकी सत्ता
भूल जनों ने
खुद को एक
'खुदा' माना
शायद भूल चुके
हैं वो सब
उनको भी
इक दिन जाना